CROISADES.

SATIRES LÉGITIMISTES

PAR

Jules et Xavier Bastide.

Cædimus, inque vicem præbemus crura sagittis.
PERSE.

A PARIS.

IMPRIMERIE DE J.-A. BOUDON.

RUE MONTMARTRE; 131.

Croisades.

CROISADES.

SATIRES LÉGITIMISTES

PAR

Jules et Xavier Bastide.

Cædimus, inque vicem præbemus crura sagittis.
PERSE.

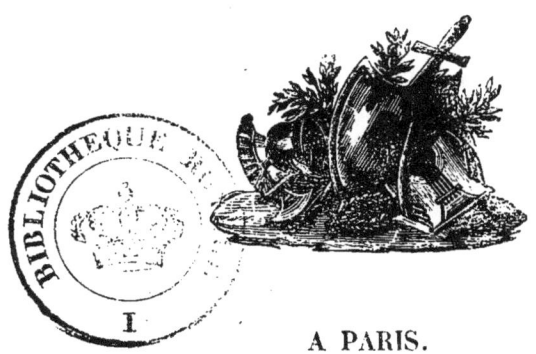

A PARIS.

IMPRIMERIE DE J.-A. BOUDON.

RUE MONTMARTRE, 131.

MOSAIQUE

A PROPOS D'UN TITRE.

————◦◦◦◦◦————

L'IMPRIMEUR.

C'est votre manuscrit? bien! puisque je l'imprime,
Voyons sur quel sujet votre Apollon s'escrime,
Et daignez un instant m'agréer pour censeur.
Etes-vous triste, gai, didactique, penseur?

MOI.

Cela dépend du jour où je taille ma plume,
De la place où je suis quand ma verve s'allume,
Des journaux du matin, des nouvelles du soir;
Enfin de mille objets que je ne puis prévoir :
D'un son qui me déplaît, d'un autre qui m'attire,
Bref, je suis né railleur : mon genre est la satire.

1.

L'IMPRIMEUR.

Et vous aussi , mon Dieu! jamais siècle vénal
Ne subit à la fois autant de Juvénal.
Il en germe, il en pleut; et, comme l'infamie,
De nos jours la satire est une épidémie.
Du moins serez-vous neuf?

MOI.

Je fronde le pouvoir.

L'IMPRIMEUR.

Certes, il est toujours en fonds de vous pourvoir.
Mais soit entêtement, soit calcul, soit vertige,
Il va de mal en pis depuis qu'on le fustige.

MOI.

Eh! quand il le voudrait, peut-il se corriger?
Sa plaie est dans le cœur, c'est lui qu'il faut changer.
Voyez comme à plaisir dans le crime il se vautre!

L'IMPRIMEUR.

Mon avis, sur ce point, est à peu près le vôtre;
Et s'il nous consultait, je crois que pour le coup
Le suffrage unanime en rabattrait beaucoup.
Mais, pardon; j'oubliais: sous quel nom de furie
Désirez-vous, Monsieur, éclairer la patrie?

Vous ne l'ignorez pas, aujourd'hui les auteurs
Par le titre, avant tout, doivent plaire aux lecteurs.
Et tel , qui follement négligea ce principe
Est aussi peu connu qu'un bienfait de Philippe.

MOI.

Monsieur, excusez moi ! j'avoue ingénûment
Que j'avais oublié cet embellissement.

L'IMPRIMEUR *(montrant son front)*.

Je puis vous le fournir : j'ai là tout un grimoire
De titres effrayants logés dans la mémoire ;
Uu vrai panorama des états de Pluton :
Mégère , Thisiphone , Erynnis , Alecton ;
Tout ce qu'Alighieri, dans son rêve terrible,
Chez les anges tombés a vu de plus horrible.
Avec un de ces mots , vos satiriques chants
Par l'intitulé seul glaceraient les méchants.

MOI.

Non. Depuis Némésis les muses infernales
Ont usé de leurs fouets les lanières banales.
Les nouveaux Ixions, faits à ce châtiment,
Sur l'essieu de Juillet ronflent paisiblement ;
Et l'enragé Persil, tant choyé pour ses œuvres,
A l'ombre du budjet se moque des couleuvres.
J'aurais bien délayé mes pamphlets en journal,
Et pris une furie, en guise de fanal,

Mais ce timbre maudit, parasite escogriffe,
Qui poinçonne, au hasard, vos feuillets de sa griffe;
Ce gouffre, où je ne sais combien de mille francs
Cautionnent au fisc les vers un peu trop francs,
Cerbères du pouvoir, commis à la barrière,
M'ont fait honteusement reculer en arrière.
Non que je sois timide ou peureux, mais enfin
On ne conjure pas l'insatiable faim
Et le triple aboiement qui sort de leur poitrine
Par un simple gâteau de miel et de farine :
Il faut, pour appaiser ces dogues du trésor,
L'irrésistible appât d'une galette d'or.

L'IMPRIMEUR.

Ah! diable, je comprends : Thiers, l'historiographe,
N'a jamais fait pour vous jouer le télégraphe ;
Et jamais, vous léguant l'héritage attendu,
Un oncle, malgré lui, pour vous ne s'est pendu.

MOI.

Vous avez deviné : je suis plus gai que riche.
Insoucieux Bias que la fortune triche,
Je viens, en pélerin, des lieux où le regard
Voit l'Hérault qui finit céder la place au Gard.

L'IMPRIMEUR.

Vous êtes du midi?

MOI.

De ces tièdes contrées
Où tombe le soleil en lames diaprées,
Où le nom des Bourbons, proscrits et malheureux,
Fait tressaillir les cœurs d'un élan généreux.

L'IMPRIMEUR.

Alors vous connaissez le rimeur intrépide
Qui trois fois en huit chants scia la Philippide ;
Le tribun de Béziers, l'homme au double travers,
Poétique à la chambre et prosaïque en vers?

MOI.

Si je connais Viennet!!!.. moi seul dans le royaume
Ai peut-être, en entier, lu Jean-Pierre-Guillaume (1).

L'IMPRIMEUR.

- Sans bailler? ·

MOI.

Oh! non pas. Mais enfin je l'ai lu
L'épitre à Monsieur Thiers, surtout, m'a beaucoup plu.
J'admirai les chaudrons, les pots et les marmites
Qui grincent dans ses vers avec les léchefrites.

(1) Les trois initiales J. P. G. dont M. Viennet fait toujours précéder son nom, nous font présumer qu'il s'appelle Jean-Pierre-Guillaume.

Ce tintamarre affreux, m'a, dès ce jour, appris
Tout le goût de l'auteur pour les charivaris.
Mais le bruit discordant de ses rimes pareilles,
Comme un tocsin fêlé, vibrait dans mes oreilles;
Et je l'aurais souffert niais, plat, dur, froid, sec, lourd,
Si je n'eus craint, ma foi, de devenir trop sourd.

L'IMPRIMEUR.

Et Pataille?

MOI.

Tudieu! c'est mon compatriote.

L'IMPRIMEUR.

Tant pis! un lâche encore, un double Iscariote,
Un Caïphe à l'engrais, arlequin parvenu,
Qui promettait beaucoup et qui n'a rien tenu.

MOI.

J'étais à Montpellier quand ce mâle courage
Des électeurs douteux, mendiant le suffrage,
Vint, sur un tabouret, en style de volcan,
Mettre aux yeux du public son génie à l'encan.
Il parla de vertu, de gloire, d'hommes libres :
Mots sonores et creux qui vous crispent les fibres,
Où l'on ne comprend rien; mais qui toujours ont plu.

L'IMPRIMEUR.

Eh bien! qu'arriva-t-il?

MOI.

Il ne fut pas élu.

— « C'est presque un Mirabeau, disaient les têtes folles. »

— « Croyez-le, et fiez-vous à ses belles paroles,

Murmuraient, d'autre part, les votants du canton :

« C'est un vrai jacobin, un Marat, un Danton!

« Si nous donnions nos voix à cet enthousiaste,

« Nous reverrions bientôt une époque néfaste.

« Pour détruire un abus, ne triplons pas nos maux! »

Mais d'autres, plus sensés, à travers ses grands mots

Epluchant l'orateur comme un billet de banque,

Disaient, en l'élaguant, c'est un vrai saltimbanque.

L'IMPRIMEUR.

Un saltimbanque? un fourbe! un Judas effronté!

Lui! parler de vertu, d'honneur, de probité,

Quand des marais du centre, indigène sangsue,

Il boit sa part de l'or que tout un peuple sue!!!

N'est-ce pas lui qui vint, quand la chambre hésitait,

Aux serres de Persil abandonner Cabet;

Et qui, depuis trois ans, suivant la même thèse,

Salit le tribunal où présida de Sèze?

Arrière!!...

MOI.

Il fut heureux à défendre nos droits,

Et maintenant ses biens sont tous à lui, je crois.

L'IMPRIMEUR.

Parbleu ! mille jongleurs, à la voix importune,
Comme lui, sur Juillet, ont bâti leur fortune.
Si le niais Podenas, caméléon fieffé,
Du rôle des tribuns a vu son nom biffé,
Dans la moderne Cos, plus heureux qu'un chanoine,
Il va *férocement* doubler son patrimoine (1).

MOI.

Oui, c'est une faveur réservée aux élus.
Mais moi, j'y vois au fond quelque chose de plus.
Parmi les arlequins de la Grande Semaine,
Monsieur de Podenas doit être un phénomène,
Qui par le crâne échappe à tout ordre légal,
Et dont l'étude manque au système de Gall.
Tout fait dans les ressorts de cet être bizarre
Supposer un sujet de nature très-rare ;
Et sans doute Persil vient de l'expédier
Afin que les Dubreuil puissent l'étudier (2).

L'IMPRIMEUR.

Que feraient-ils, bon Dieu ! d'une telle machoire ?

MOI.

Eh ! mais, ce qu'on en fait dans un conservatoire :

(1) Tout le monde se rappelle l'épithète dont M. de Podenas a gratifié
Charles X. C'est à ce titre qu'il doit sans doute la croix de la Légion-d'Hon
neur et sa place nouvelle près la cour royale de Montpellier.

(2) M. Dubreuil, professeur d'anatomie à l'école de Médecine de Montpellier.

Et nous verrons, dans peu, classifier là bas,
Tout près des idiots, l'espèce Podenas.

L'IMPRIMEUR.

Idiot? plut à Dieu, qu'il n'eût pas d'autre tache!

MOI.

Vous trouvez qu'envers Charle il s'est conduit en lâche?
Soit. Mais l'ingratitude est un de ces moyens
Qu'exploitent de nos jours les héros citoyens.
Pour s'élever au faîte, en sortant de l'ornière,
Ils changeraient vingt fois de maître et de bannière,
Si le dernier venu, pour se les attacher,
Les guidait à la borne où tous veulent toucher.
Ils peuvent bien glisser dans le sang et la boue,
Employer des ressorts que l'honneur désavoue,
Se traîner à plat ventre, injurier la main
Qui les a soutenus quinze ans dans le chemin;
A leurs amis d'hier donner le croc en jambe:
Le plus apprécié sera le plus ingambe.
C'est un fait reconnu depuis quatre-vingt-neuf,
Bien vil, mais naturel; usé, mais toujours neuf.

L'IMPRIMEUR.

Ah! malédiction! le sang de mes artères
Brûle comme les gaz dans le flanc des cratères,

Au moindre souvenir de ces hommes pervers.
Vous riez, vous ! Monsieur ; vous plaisantez en vers ;
Moi je les traînerais âme et corps dans la boue,
De soufflets mérités je bleuirais leur joue,
Et mon ire, épuisant le sarcasme et le fiel,
Les stigmatiserait comme le feu du ciel.

MOI.

Peste ! modérez-vous. Jamais corbeau du centre,
Aux heures où la faim lui tiraille le ventre,
Sentant son estomac défaillir et crier,
N'a d'une voix plus sombre interrompu Berryer.
Ah ! si vous commentiez, en satiriques phrases,
L'histoire de nos jours si triste dans ses phases,
On trouverait chez vous, plus de mots infamants
Que le roi citoyen n'a prêté de serments.
Hélas ! qu'eussiez-vous dit, honnête misanthrope,
Vous qu'un mot fait rugir ou tomber en syncope,
Si comme moi, deux ans, vous aviez coudoyé
Madier, Lefebvre, Jars, ou tel autre envoyé,
Atômes vaporeux que le budget concentre,
Depuis quarante mois gravitant vers le centre,
Où se carre le sot, à jambes de héron,
Qu'en langage vulgaire on nomme Fulchiron,
Ridicule bavard mis là pour faire nombre,
Et qui du ministère adore jusqu'à l'ombre ?

Vous les auriez hués ou sifflés pour le moins :
Ç'aurait été fort mal, surtout devant témoins.

L'IMPRIMEUR.

Tenez, Monsieur l'Auteur, à chacun ses manières.
Mais si, d'un fouet noueux, secouant les lanières,
Vous osiez ou pouviez, sur les reins des Judas,
Dix à douze fois l'an, frapper à tour de bras,
Ce serait beaucoup mieux accomplir votre tâche.
Rire, quand on vous mord jusqu'au sang, est d'un lâche.

MOI.

Eh ! vous ai-je promis d'étouffer jusqu'au bout
Sous un rire innocent ma colère qui bout?
Non ; l'épée à la main, dans la grande bataille,
Je veux aussi frapper et d'estoc et de taille.
Je veux rompre une lance, et lutter corps à corps
Avec les mécréants sortis de nos discords.
Mais pour aiguillonner mon généreux courage,
Je n'invoquerai point la Muse de la rage,
Et d'après vos conseils, puisqu'il faut aujourd'hui
Sur un intitulé se bâtir un appui,
Gardez vos Alecton. Soldat de la Croisade,
Que ce titre pieux d'une sainte Iliade
En tête de mes vers, lancé dans nos débats,
Dise à tous qui je suis, et pour qui je me bats.

J'aime ce nom guerrier, poétique étincelle
D'un siècle d'héroïsme, et d'un peuple fidèle.
Et si, pour terrasser les nouveaux Aladins
Dieu ne m'a pas remis le fer des paladins,
Mes javelots, du moins, trempés dans le sarcasme,
Décochés par un bras jeune d'enthousiasme,
Prouveront bien des fois à nos lâches vainqueurs
Que l'amour des Bourbons n'énerve pas les cœurs.

PREMIÈRE CROISADE.

A custodiâ matutinâ usque ad
noctem, speret Israël in Domino.

Ps. 129, V. 6.

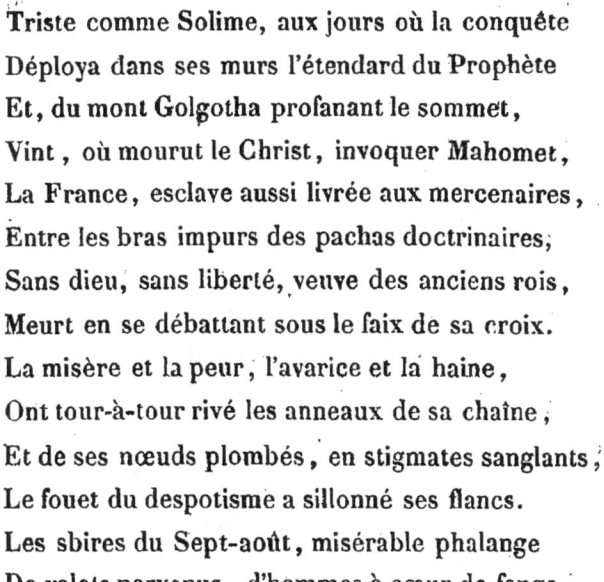

Triste comme Solime, aux jours où la conquête
Déploya dans ses murs l'étendard du Prophète
Et, du mont Golgotha profanant le sommet,
Vint , où mourut le Christ, invoquer Mahomet,
La France, esclave aussi livrée aux mercenaires,
Entre les bras impurs des pachas doctrinaires;
Sans dieu, sans liberté, veuve des anciens rois,
Meurt en se débattant sous le faix de sa croix.
La misère et la peur, l'avarice et la haine,
Ont tour-à-tour rivé les anneaux de sa chaîne,
Et de ses nœuds plombés, en stigmates sanglants,
Le fouet du despotisme a sillonné ses flancs.
Les sbires du Sept-août, misérable phalange
De valets parvenus, d'hommes à cœur de fange,

Comme les bataillons des enfants de Seldjouc,
Après l'avoir pillée ont mis sa tête au joug.
Et ce n'est pas le fer, l'audace ou l'énergie
Qui les a fait asseoir au banquet de l'orgie,
Ces tyrans oppresseurs! aucun d'eux n'est venu
Aux boulets des trois jours dévouer son sein nu.

Après l'aube funeste où de larges entailles
Sur le front de Paris gravèrent trois batailles,
Ils n'ont su que proscrire un vieillard malheureux,
Désunir la patrie et la jouer entre eux.
Quand le sang du martyr qui s'immola pour elle
Semblait avoir lavé sa tache originelle,
Des lâches, des intrus grimaçant les héros,
Sans nous avoir conquis se sont fait nos bourreaux;
Et l'homme que Juillet a choisi pour pilote
Nous traite comme à Sparte on traitait un ilote.

France! reine tombée, idole que Henri
Appelle dans l'exil du nom le plus chéri,
Vois, comme ils t'ont changée! une main de vampire
Jusqu'au fond de l'abîme a traîné ton empire.
Tu ne crois plus à rien!... Le souffle du vainqueur,
Pareil au vent du sud a desséché ton cœur.
La Bourse et le Château, dégoûtantes mosquées,
Remplacent dans ton sein les églises moquées,
Et l'ignoble croissant des nouveaux Osmanlis
Déshonore tes murs que pavoisaient les lis.

Oh! que n'ai-je aussi, moi, la parole sublime
Qui jadis, retraçant les malheurs de Solime,
Des champs du Pausilippe à l'île des Bretons,
Sous l'enseigne du Christ entraîna les barons :
J'irais, comme un toscin, du Var à la Moselle,
Verser dans tous les cœurs mon audace et mon zèle,
Eveiller les cités, enflammer les hameaux,
Et prêcher la croisade, au récit de mes maux.
Sur les fronts apostats secouant mes sandales,
J'irais de nos émirs signaler les scandales,
Opposer au renom de ces hommes flétris
Le souvenir aimé des rois qu'ils ont proscrits,
Dénoncer les marchés des ignobles satrapes
Qui sur tous les budjets ont réglé leurs étapes,
Eclairer, à la fin, les peuples aveuglés ;
Et ma voix ferait dire aux échos ébranlés
Des fleuves et des monts qui bornent notre enceinte :
Dieu le veut ! Dieu le veut ! France, à la guerre sainte ! (1)
Sans doute, à cet appel, désertant les sillons,
Viendraient sous les drapeaux de pieux bataillons :
Les fils de ces guerriers dont l'Europe est jalouse :
Les sages Adhémar, les Raymond de Toulouse,
Les Tancrède normands, les Godefroi lorrains,
Tous pontifes, soldats, chevaliers, pélerins,
Rejetons belliqueux d'une vaillante race
Dont le soleil d'Asie a bruni la cuirasse ;

(1) Cri de guerre des Croisés.

Et ces nouveaux croisés qu'à toute heure, et partout,
L'étoile des Bourbons a rencontrés debout,
Coulevrines de chair, que nos guerres civiles
Bronzèrent trop de fois dans les champs et les villes;
Et que fond le Bocage, aux jours d'iniquité,
Dans un moule géant comme sa loyauté!
Oui, tous se lèveraient à ce long cri d'alarmes;
Mais le front découvert, la poitrine sans armes,
Sans que le fer aigu des glaives assassins
Tachât de sang français leurs glorieux desseins.
Ils viendraient! Ils viendraient, sublimes d'harmonie,
Protester hautement contre la tyrannie,
Et leur vote, au grand jour par la France adopté,
Vengerait de l'exil l'enfant déshérité.

Jusqu'ici quand l'émeute, hyène rugissante,
Frappant le seuil royal de sa tête impuissante,
A voulu, sous le nom de peuple souverain,
Briser quelques anneaux de sa chaîne d'airain,
Le pouvoir, comme un aigle accroupi dans son aire,
S'est relevé, superbe, aux éclats du tonnerre;
Le tam-tam des beffrois, les rauques hurlements,
Sont les avant-coureurs de ses délassements;
L'émeute est le signal où la France qu'il broie
Va lui jeter encore une nouvelle proie,
Du sang, des millions, des complots à fouiller,
Des sujets à flétrir, des temples à souiller,

www.ingramcontent.com/pod-product-compliance
Lightning Source LLC
Chambersburg PA
CBHW061734180626
46818CB00006B/2623